미도착

남수우

곁에 있는 소리에게

우리는 서툰 휘파람을 불며
긴 호흡을 주고받은 적 있지

시인의 말

문을 그리고 들어가라는 말에
나는 그렇게 했다

이제는 문을 지워 주세요

붓을 안으로 들인 후였다

2025년 3월
남수우

미도착

차례

2부 도시의 시간

3부 맞은편으로부터

해설

1부
잠자는 녹색 그림자

플랫

아이가 밀다 떠난 그네
흔들리고 있다

일곱 번째 계단에 앉아
작은 등이 되어 가는 동안

지금 들어오는 기차는
이 역을 통과할 예정이랬다

눈두덩을 문지르는 손에선
난간 쇠 냄새가 났다

베란다 숲 기억

1

두 번 다시 돌아오지 말란 말은 썩 괜찮았다

단추는 빛나다 사라지고
내게는 빈 들판이 남았다

그곳에서 내 뒤를 밟으며
사냥감들은 여러 날을 살았다고 한다

빈손을 보고도 말이 없던 마망

숲을 흔들며
쌀뜨물 같은 안개를 흘려보내던 마망은
어느 날 자신의 녹슨 총구를 닦고 있었다

그날 마망이 겨눈 사냥감들이
새벽 내도록 내 발 앞에 척척 쌓여만 갔다

2

내가 태어날 때 마망은 울고 있었다
그날 움켜쥔 소맷자락이 손금으로 남았는데

어린 내가
어린 숲에서 주워 온 것들을 하나씩 펼쳐 보였다 마망,
여기 반짝이는 것들을 봐요

마망은 차갑게 식은 총구를 고쳐 메며
네가 어른이 되어서도 이 숲은 자라야겠구나

내가 다 자라 숲을 떠맡았을 때
마망은 노을을 끌고 맴을 돌던 기억이었다

3

여기 내 빈손을 좀 봐요

이제 이곳은 나 혼자 말하고 나 혼자 태어나는 그늘
잠자는 녹색 그림자

죽은 가지를 매달고 달리는 이파리들이
두 손을 펼쳐도 드릴 게 없네요

밤에는 양털 언덕을 이마 끝까지 끌어 덮었다

4

단추를 마저 채운 내가
공터를 늘리는 동안에도 나무는 서서 죽었다

들판을 가로지른 검은 새들이
숲으로 뛰어들어 날개를 버리고
날갯짓을 버리고

꽃대처럼 흔들리면

총소리는 오래오래 들리지 않았습니다

겨울 가지 끝에 걸터앉아 내가 말했다

막대 그늘

매일 밤 나는 그들이 쌓는 벽돌 하나였다
하루는 벽돌 곁에 선 좁은 그늘을 열고 들어갔다
검은 사각들의 반복과 거듭 보이지 않는다
벽돌과 벽돌을 맞댄 채 트음— 하고 발음하면
다문 입술이 떨렸다 보이지 않는 먼 들판에서
열차가 달린다고 들었다 검은 틈들의 반복들
가까운 돌 하나가 잠시 뜬다 감은 눈 위로 물이
차오르기 전에 침묵 같은 미간을 다 건너야 하지만
친구들이 모여들기 시작했다면 이 장면의 끝이다

매일 밤 나는 그들이 찾는 벽돌 하나였다
벽돌 속으로 종일 비가 내리는 날도 있었다
벽들의 네모난 그림자가 내 발끝에 누워
오래 펼쳐 둔 그물처럼 너울거렸다
내 어린 친구들은 모두 무사히 건너갔을까
왁자지껄한 밤의 어둠을 머금고
말없이 한 칸씩 쌓아 올리던 친구들은 집으로 갔다
집으로 갔다고 들었다 두 번째 열차가 도착했을 때

검은 중절모를 쓴 친척 아저씨는 승강장에 왼발부터
디디고 선 채 내가 있는 언덕을 올려다보았다
그가 모자를 벗고 언덕을 향해 절을 한다면
이 장면의 끝이다 이곳은 너무 좁아서
그의 구두코에 입맞출 수 없었다

우거진 덤불 속이었다 벽돌 창가에 앉아 나는
푸른 저녁을 찢어 종이비행기를 엽서 삼아 날렸다
답장은 없었지만 먼 곳에 동트기 직전
새벽 어스름 사이로 그들이 온다고 들었다
메우러 온다고 들었다 틈이 부족해, 중얼거리며
벽돌 가득 실은 열차와 함께 오고 있다고 들었다
매일 밤 나는 그들이 쌓는 벽돌 하나였지만
사라진 친구들은 이제 막 도착한 벽돌 속에서
환하게 웃고 있었다 친척 아저씨를 닮은 어른들이
검은 모자를 가슴께에 올려 둔 채
내 옆을 떠나지 않고 오래
오래 서 있었다

프랙탈

이제 이야기는 너의 하루를 따라잡았을지도 모르겠다 이야기의 끝을 네가 시작했다는 걸 너는 알까

처음 내게 온 날을 너는 기억 못 하지 허리까지 웃자란 수풀 사이의 벤치에서 너는 발견되었어

네 손등 위로 자란 잔풀들을 나는 꺾지 못했다 잡풀이 아니라 잔풀이야! 기분 좋은 네가 손뼉을 칠 때마다 발생하던 잔풀의 춤

*

대빗자루를 부러뜨린 이후 숫자를 세는 버릇이 생겼다 거꾸로 세다 보면 조금씩 사라지는 것 같다

동그라미를 그리고 그리다 지치는 눈발

이야기는 서로의 끝을 맞물며 이어졌다 톱니처럼 두

눈을 굴리면 창가의 덤불이 따라 떨렸다

  잠이 오지 않는 밤에는 부러진 대빗자루를 쥐고 나는

*

  솔방울을 던지면 안 깨진다 돌멩이를 던지면 달아나
야지

  신발 끈을 묶을 때마다 엎질러진 기분으로 내가 자
라고 거울 앞에서 안부를 물으면 뒤를 돌아다보고 싶어
졌다

  입을 벌려 어두운 혓바닥 아래에서 너의 이름을 꺼냈
다 루, 사라진다 해도 이것은 너로부터 야기된 이야기

  네가 발견되었던 벤치로 향하는 숲-숲-숲 웃자란 수
풀이 손가락 사이로 빠져나갔다

*

　가끔 너는 책상에 엎드려 잔풀 자란 손등을 베고 검은 언덕의 꿈을 꾸겠지 잠꼬대처럼 돌을 쥐었다 놓으며

　너무 빨리 오르면 안 돼-!

　뒤돌아보며 너는 말한 적 있다 멈춰 선 채 숨을 고르고 있으면 고사리 끝에 맺힌 작은 고사리와 더 작은 고사리가 보였다

구름사다리

자꾸만 열렸어,
머리 위로 그을린 종아리들이

웃음을 주고받으며 한낮을 흔들 때
고백은 웅크리고 앉아 굴을 팠다

그늘을 드리우지 않아도
굴은 조금씩 깊어진다

파고 또 팠지, 굴에 대고 속삭이면
빗장뼈가 가려웠어

땅 위를 헤매는 구름처럼
고백은 맴돌수록 다른 이름이 되어 가고

종소리가 울린다 한복판이 되기 전에 굴을
나뭇가지로 잘 가려 두고 떠난다

물 아래 저녁

졸린 눈을 비비며 이야기를 들었다 이 안개가 다 지
나면 올 거랬다 목소리는 나를 잠 속에 밀어 넣고 연거
푸 문을 닫았다

물소리를 들었다 마른 풀들이 흔들리던 해변의 망한
유원지에서
눈사람은 내가 속삭인 쪽부터 사라지고

불러 세우기엔 모자란 두 손을 물 아래 가둔 채 나는
구구단을 외웠다 들이쉬고 있었다
철썩일 때마다 발치가 젖는 모래 위

목소리는 집을 그리라고 했다 나무를 그리라고 했다
사람을 그려 보라고 했다 나는 그리고 그리면서도 자꾸
만 지우개에 눈이 갔다
이제는 집과 나무와 사람을 시작하라고 한다

산책자는 왼쪽에서 태어나 오른쪽으로 사라지고 있

습니다 그가 지나친 창 속에는 물푸레무늬목으로 엮은
책장이 보이고 책상과 의자가 놓입니다 여러 날씨를 오
가며 창문은 하나뿐인 얼룩을 기를 테지만
　물가에 정박한 누운 나무를 그가 두고 갑니다

　방을 헤집던 목소리가 물었다
　벽으로 뛰어든 햇살은 오늘의 것입니까

　지우개를 쥔 손이 자꾸만 나를 앞질렀다 마지막 문턱
이 안 보이고 안 닫히는 동안 그림자 같은 비밀을 끌며
등 뒤가 자랐다

셔터

어떤 장면들은 눈을 감았다 뜨면
대패처럼 얇게 썰려 잠 속으로 떨어졌다

그곳에서 나는 어항을 안고 걸어가는 아이였다
장면들은 투명한 어항 속에서 둥글게 휘어지고
가라앉은 비늘들이 난반사로 빛을 비췄다

이따금 흔들어 줘야 할 수도 있어,
축축한 이끼들이 자라나 뒤덮어 버릴 테니,
어항을 바라보느라 나는 순서를 잊고
이야기를 놓친다 어디까지 했더라,
나를 찾는 목소리가 머리 위를 떠다니는 동안
나는 두 귀를 번갈아 긁적여야 했다

폭설이 수놓인 장면에서 너를 받아 적는다
날아가던 새 떼가 멈춰 있고
죽은 나방을 찢어 보던 여름 숲이 지나간다
물속에서 마른 찻잎이 부풀어 가듯

어항을 흔들 때마다 어지러운 장면들이 하양을,
하양 위에 하양을 쌓아 올린다

이제 나에 관한 이야기는 이곳에 없어,
얼마나 눈을 감았다 뜬 걸까

내가 기억하는 미래가 멀미로 도착하는 중이라면
나는 잠에 실려 먼 곳까지 갈 수 있었다

하얗게 덮인 언덕 위에서 눈을 뜨고
이제야 어항을 놓친 건지, 왼손에 쥔 마대 자루는
유리 조각으로 가득했다

다 왔어, 여기서 다시 시작해

혼자를 흔들어 깨우던 그늘들이
언덕 아래로 달려간다

계주

매미를 본 적 없는 아이는 여름마다 나무가 울었다고
적었다 몰래 구겨 보던 식탁보 위로 빈 그릇들이 쌓여
있는 저녁

혼자 남은 아이의 귀에 대고 나는 숲이 달린다고 일
러 준다 이 말은 쇠구슬이 되어 아이의 귓바퀴 속을 구
르고

귀를 기울인다는 건 한쪽 어깨에서 반대쪽으로 쏟아
지는 일이었구나

아파트 키 높이까지 우는 여름 나무 아래
페달을 굴리던 밤은
뜬눈으로 기다리던 물주머니였다

매미를 배운 날에는 문을 기억하지 않았다 허물이 떨
어진다 울기 위해 버려야 하는 방이 있다면

멀리서 불어온 바람으로 달리는 숲에서
아이는 한껏 부푼 그늘을 안고 장마를 연습한다

루프
—제4 망루

놀이는 그늘 속으로 뛰어들어
그림자를 지우며 시작되었다

그늘로부터
가장 멀리 그림자를 옮겨 놓는 애가 이기는 거랬다

놀이가 끝나지 않는다
검은 정수리 아래 검은 발등

창턱으로 굴러온 뭉게구름에 손을 뻗으면
순식간에 불어난 지문이 눈앞을 건너갔다

이름을 써 보면 아무 일 없는
지금은 다섯 개의 소용돌이가 창문을 쥐고 흔들며
모퉁이를 지나는 주머니 속

키 작은 정수리 다섯이 가로등 아래를 지난다
놀이를 지나 놀이로

한없는 재생이 나를 모퉁이에 세워 두고 이제 막
뒤통수 다섯이 지났다

머리 위를 휘도는 검정 물결이 보이니,
동굴 속 메아리 같은 표정들을 쥐었다 놓는다

자라난 뒤통수들이 여섯이 되어 일곱이 되어

그늘 속으로 달아나는 너희들에게 도착했을 때
나를 본 적 있다고 했다

놀이가 끝났는데도 너는 술래를 멈추지 못했어

목소리는 익숙한 듯 다가와 내 머리채를 휘어잡고
내달리기 시작했다

겨울 저녁 식사

우리는 댐 아래 누워 잠들곤 했다

둑방 길가에 텐트를 치고
검은 개가 달려오는 것을 보았다

우리가 묶어 둔 녹색 매듭들을
그들도 보게 될까요

대답 대신 돌 하나를 던지면
수면은 지나온 마을 지붕들을 비쳤다

보트를 기다리며
우리는 잠시 죽어 있다

　　물 끓는 소리에
　　아저씨는 이야기를 멈추고
　　양파를 썰기 시작했다

하얗고 둥근 방들이
계속해서 태어나고

빈 그릇들이 쌓이는 동안
이야기를 기다리고 있었다

주홍빛 조명 아래 네 사람과
엎드려 잠든 작은 짐승 하나

처음 온 것 같은데,
노를 내려놓으며 네가 말했고

함께하면서도 어긋나는
이 작은 갈래들이 좋아서

우리는 몇 번이고 노를 놓치며
같은 장면 속으로 뛰어들었다

맞은편 창문들이 물안개 속으로
차츰 흐려진단다

아저씨의 목소리가 졸음 사이로
책갈피처럼 끼어드는 밤이면

이불 속에서 잠깐씩
뒤척이다 사라지는 이야기

두 사람은 아주 오래전 일이었구나

행주 냄새 밴 커다란 손이
머리를 쓰다듬다 갔다

잔광

엎드려 잠든 사람의 꿈에선 새들이 날지 않는데,

날려 보내고 싶지 않은 얼굴을 떠올리며
우리는 매일 엎드려 잠에 들었다

나란히 감은 눈으로 우리가 그를 알아보게 될까

월요일의 빛이 일요일 쪽으로 희미해질 때
망루 계단을 오르며 빛을 한 칸씩 끌어당긴 적 있다

맞은편에는 유예된 불빛이 있고
빛 속에는 우리가 엎드린 식탁이 있지

사실 그는 보이지 않고 들리지 않아
다만 빛 속에 있어,

한낮에 부풀어 오르는 커튼이
가끔은 인사 같다고 했다

비 온 뒤 숲속

부서진 것들로 가득했어
내가 처음 도착한 노래 속에는 물들의 파형만 남아

흘려 버리고 있어
버려진 피아노 주위를 사냥꾼들이 포위하고 자리를
차지했어 부서질 음들만 남았지 또 누가 남았지? 사냥
꾼들의 뒤를 쫓아가 그러면 살 수 있어 우리는 젖은 부
적을 나눠 가지고 웃었지

나는 기다릴 거야
그러면 돌아간 사람들이 다시 도돌이표처럼 걸어 들
어올 거야 다른 출구의 파수꾼들에게 전해 내가 여기
있다고 여기서 잠시 비를 그을게 연주가 그치면 부적을
가지고 달아나

그날 너는 보았니
감은 눈 위로 내려앉던 둥근 무늬 나방들을

새벽이라 불러도 좋고 밤이라 불러도 좋은 날이었지 숨죽인 날들은 서로의 어둠을 이어달리곤 했으니까 친구들을 불러 모으는 일은 까마득한 놀이가 되었고 일기는 숲속에 흘리고 다녔어 들키고 싶은 혼자였지 마주 잡은 두 손에 고인 좁은 그늘을 기도라고 믿던 날들

소리였던 숲이 밤마다 사라지는데 그때마다 어쩔 줄 몰라 하던 건 나뿐만은 아니길 바랐는데

모두가 돌아갔어 유리알처럼 구르던 물들이 꼭 노래일 이유는 없었지

오렌지빛 터널

내게도 허락된 창턱이 있었다 날마다 그것을 딛고 넘어오는 것은 빛 다음에 어둠 그리고 다시 빛 연기가 자욱한 날에도 둘 중 하나를 기다렸다

저무는 빛 아래 누워 있던 내가 어느새 촛불을 태우고 있었다 맞은편 창가에는 늙은 사람이 턱을 괴고 앉아 들릴 듯 말 듯 중얼거리고 입술을 달싹일 때마다 창턱의 화분은 붉은 꽃잎을 하나씩 떨어뜨렸다 검붉게 말라 가는 꽃잎으로 시간은 제 속을 태우는지, 고개를 갸웃거리다 나는 잠에서 깼다
흰 천장 아래로 고작 이십 분이 흘러 있었다

이곳 사람들은 친절했다 나는 딸기 두 송이를 훔쳐 달아났다 옥상 문턱을 넘을 때 으깨진 딸기즙이 두 손 가득 흘렀고 나는 손을 씻었다 내가 달아난 거리에서 사람들은 손차양을 한 채 창턱을 올려다보곤 했다 어느 날은 친구들이 쑥덕이며 지나가고 어느 날은 녹색 옥상들이 저녁 속으로 가라앉았다 또 어느 날은 모퉁이에

앉아 달력을, 때론 검은 공책을 한 장씩 넘겨다보는 사
람 있었다

  그리고 문을 닫는 사람 하나 날마다 현관을 지나, 날
마다 하얀 차에 올라 벚나무 내리막길을 굴러갔다 곧
오신대, 입천장을 두 번 두드릴 때마다 동생이 웃는다
낙서장의 하얀 물감을 긁어내고 비죽 고개를 내밀던 저
녁 어느 날은 가로등 아래 내가 그 집을 가리키고 있었
다 창가에 턱을 괴고 있던 둥근 실루엣이 누구인지는
모르고 떠났다

  열차가 지날 때마다 얼굴들이 보였다 맞은편 선로 위
에서 반대쪽으로 미끄러지던 얼굴들 누군가 벤치에 두
고 간 수첩 속에는 한글이 섞인 날짜들이 빽빽이 적혀
있었고 나는 하루씩 순서 없이 읽으며 긴 오렌지빛 터널
을 지났다 빛과 그늘
  빛과 그늘 사이에서 다음 말을 기다렸다

기계 새와 노래하는 굴뚝

소매를 움켜쥔 네게 기계 새와
노래하는 굴뚝 이야기를 들려주었다

입에서 입으로 읽히는 이야기. 입술이 쌓는 허풍을 다음 입술이 그대로 전하는 이야기. 그러다 점점 끝을 알 수 없게 되는 이야기. 도중에 기계 새가 날아가고 굴뚝의 노래는 마지막 소절에 이르게 되는 이야기. 이야기는 끝을 몰라서 내내 녹슨 그네를 밀어 보던 오후였다가, 마침내 수풀 속으로 흩어지던 얇은 발목들. 발목마다 매달린 붉은 끈으로 갈래갈래 갈라지는 이야기. 온 숲을 휘감아 실뜨기하는 이야기. 이야기는 땅속의 뿌리처럼 자라고 자라 나무 하나에 속삭이면 이미 가닿은 맞은편. 종래에는 기계 새가 사라지고 노래하는 굴뚝마저 노래를 잊은 지 오래인 이야기. 사라지고 잊히고 나서야 내게 도착했던 이야기. 내 입술이 쌓은 몇 줄의 허풍과 함께 이제 막 너에게 닿으려는 이야기.

이야기를 다 듣고 네가 일어날 때

찻잔이 따라 흔들렸다

기다란 도미노처럼 하나씩
쌓이고 있는 초침 소리

누구 하나 건드리면 그대로 시작될 것 같다

배웅과 마중

노래는 모두가 현관문에 다다르면서 끝이 났다

한 템포 늦게 돌아오는 사람 모르게 문이 닫힌다

문턱을 선물 받은 아이들이
창가에 모여 액자를 완성하고

뒤늦은 사람은 벽돌 담벼락을 따라
반대쪽 입구로 갔다

비탈을 지나 반대쪽 입구로 갔다고 들었다

아이들이 자라고 뒤늦은 사람은 오지 않습니다

난롯가 한편에 앉아 네가 듣던 이야기

너는 긴 교향곡에서 단 두 번
북을 치는 꼬마처럼 앉아 그를 기다리고 있었다

뒤늦은 사람에게 속삭일 얼음 글자들이
입 속에 굴러다녔다

누군가 어깨를 떠밀며 지금이랬다

문은 등 뒤에서 한 번 닫히고 두 번 잠겼다

아무도 등장하지 않는 이 거울이 마음에 든다

한 사람에게 가장 먼 곳은
자신의 뒷모습이었네

그는 그 먼 곳을 안으러 간다고 했다

절뚝이며 그가 사라진 거울 속에서 내가 방을 돌보
는 동안
거실의 소란이 문틈을 흔든다

본드로 붙여 둔 유리잔 손잡이처럼
들킬까 봐
자꾸만 귀가 자랐다
문밖이 가둔 이불 속에서
나는 한쪽 다리로 풍경을 옮기는 사람을 본다

이곳이 아니길
이곳이 아닌 나머지이길
중얼거릴수록 그가 흐릿해졌다

이마를 기억한 손이 거울 끝까지 굴러가 있었다

거실의 빛이 문틈을 가를 때 그는 이 방을 겨눌 것이다
번쩍이는 총구를 지구 끝까지 늘리며
제 뒤통수를 겨냥한다고 해도 누구의 탓은 아니지

거울에 남은 손자국을 따라 짚으며
나는 고개를 끄덕였다

그가 내게 뒷모습을 안겨 주던 날 모서리가 처음 삼
킨 태양을 생각했다
흉터를 간직한 햇살이
따갑게 몸 안을 맴돌고 있을 거라고

뒷모습뿐인 액자를 돌려세운다

거울 속에는

하얀 입김으로 떠오른 민낯들이 너무 많았다

2부
도시의 시간

행렬

다리를 건너라는데 보고만 있었다
다리를 건너야 한다는데

등 뒤에선 어깨동무를 한 사람들이
돌림노래를 끝도 없이 부르고

앞서간 사람은 건너편이 되어 간다
한 사람이 지나고 두 사람이 지나가고

등 뒤에선 어깨동무를 한 사람들이
여전한 돌림노래를

다리를 지날 때마다
모두가 한 번씩 뒤를 돌아다보았다

무엇이 보이냐고 물어서 나는,
당신들의 입술이 쌓고 또 쌓는
소리 없음이 보여요

빙판 위를 달리는 스케이트 선수처럼
건너편 사람들은 같은 자세를 반복하고 있었다

원주율을 나열하듯 끝없이 돌고 도는 그들을 향해
어린 신이 슬쩍 한쪽 발을 내밀 때

한 사람이 넘어진다 두 사람이 넘어지고 세 사람이

오늘도 어린 신은 붉은 지붕 위에 앉아
윙크인지 찡그림인지 모를 얼굴로
내게 손짓하고 있었다

나는 집으로 갔다 언제나 정거장은 너무 멀고
등 뒤에서 누군가 고래고래 고함을 지른다

다음 날도
다리가 놓인 한쪽 귀퉁이에 서 있다면 그것은 나일까

흉터 가득한 무릎은
아무리 만져도 내 살 같지가 않았다

문과 밖

해변에 원을 그려 두고 돌아왔습니다 둘레를 가늠할 수 없는 원으로부터 나는 멀어졌습니다 가방을 던져 놓고 숨을 고른 뒤에는 물이 다가왔다가 멀어지는 소리 그것이 나의 처음

잠든 이마 위로 밤이 정박할 때 당신은 미간 사이에 어떤 꿈을 접어 둡니까 주름 속을 오가는 발소리에 들숨과 날숨을, 들숨과 날숨을 맞대 봅니다 세 번째 계단의 단차를 조심하세요, 손끝으로 장판을 톡톡

읽다 만 소설에는 한 사람이 얼음 속에 앉아 불을 지피고 나는 걷고 걸어 그곳에 도착해 얼음 문을 두드립니다 방금 이 장면은 영영 소설 속에 쓰일 리 없고 문은 열리지 않겠지요

어느덧 한 무더기의 덤불이 된 내가 붉은 눈의 토끼를 안고 흔들리면 당신은 알아보겠습니까 그것이 우리의 잠시, 그것이 우리의 잠시라면

타오르는 원이었어요
내가 당신의 얼음 문으로부터
가장 먼 해변까지 굴리며 도착한

돌 아래 해변

그 책을 읽고 도시로 왔는데 이곳엔 없었다

두 눈을 흔들던 말발굽 소리와 광장의 처형대에 오르
던 세인들
책을 덮자마자 사라졌다

이곳의 여관은 밤마다 두근거리는 벽들을 선물했다

손바닥 아래 닫힌 검은 문
다시 펼치면
창문은 비명과 함성 사이를 흔들던 시계추였지

주인공은 이마의 주름을 펼쳐 달리는 소년이었다가
길을 접고 돌아누운 뒷모습이었다가
끝을 모르는 사람은 뒤돌아보지 않지
이불자락을 쥐고
한참을 뚜벅이며 천장이 되었다가 바닥이 되었다가

이제 그만 이곳을 망치고 떠나자
머리맡 성냥을 내가 내밀 때

고개를 저으며 그가 가리킨 서랍 속에는 책 한 권이
놓여 있었다 그것은 낡고 바래서 제목을 읽을 수 없고
조금만 더 갔다가 돌아온댔다 그때는
빈손이 아닐 거랬다

숲을 찢어 도시를 불사를 사람은 내가 아닌데
그는 시곗바늘을 부러뜨리며 결말을 버렸다

적신 이불을 끌고 나서던 그가 말했다
이제 뒤를 돌아보아도
이곳이 아닐 겁니다

나는 횃불을 들고
잿더미 같은 얼굴들을 한 장씩 들춰 보았다

오후가 되면 서쪽으로부터 한 뼘

천장을 쿵쾅거리며 달리는 맨발들이
수차례 코끝을 스치고 지났다

언젠가 너는 초록 배낭을 메고 떠나야 한단다
마망은 옆모습으로 말한 적 있다

*

상자들을 다 쌓고 나면 화물 트럭이 들어왔다
말수 적은 동료들이 부산해지기 시작한다

자판기 아래로 굴러간 동전을 찾느라
나는 조금 늦고 말았는데

자꾸만 상자가 밀리고 동료 하나가 노려본다

*

사람들이 물으면 그냥 동쪽에서 왔다고 했다
먼 공장 굴뚝 연기를 따라 걸어왔다고

물론 비웃음을 샀다 되팔 수 있으면 좋으련만

훗날 그들의 기억에 따르면
퇴근길에 내 왼쪽 어깨엔 언제나 초록 배낭이

*

여기선 얼마간 상자를 나르며 지낼 것 같아요
주소는 또 달라져 있겠지요

짧은 편지를 쓰는 저녁이면
이마 위로 은빛 물고기들이 헤엄쳐 가곤 했다

편지가 도착하는 날에는 비린내가 진동할 것이다
쿵쿵거리며 당신은 나를 알아볼 테고

냄새가 번지게 그날이 아주 무덥길 바랐다

*

물결 자국 속에서 공장이 멈추고
지붕 없는 날들이 손가락 사이를 지났다

언젠가 너는 초록 배낭을 메고 떠나야 한단다
유리창에 뜬 얼굴에는 냄새가 없었다

*

컨테이너 꼭대기에서는 그런 게 잘 보였다

함바집 뒷문 담벼락을 지나는 고양이
바람에 날려 빨랫줄에서 떨어진 수건과 티셔츠
비상 깜빡이를 켜고 멈춰 있는 덤프들

노을을 바라보던 동료들은 무슨 생각을 했을까
나는 갓 구운 빵 냄새를 떠올렸는데

갈가리 찢기는 빛은 말없는 동료들과 보기에 좋았다

*

이른 새벽 트럭 소리에 잠이 깬다
골목을 돌아 사라지는 푸른 트럭들

언제쯤 귀가는 기도가 아니게 될까,

배낭을 안고 쪽잠에 들기 전
나는 조용히 슬리퍼 한 짝을 떨어뜨렸다

아지트

사탕 깨무는 버릇 때문인지
잠든 형은 밤마다 이를 갈았다

허탕 친 매일은 눈 감고 굴린 주사위였다 돌아오기
위해 하루 한 칸씩 멀어지는 게임판 위에서

갖은 장면들이 우리를 통과해 갔다

모퉁이 돌아 사라진다 폐점 가게 쇼윈도로 날아가는
돌 하나와 달아나는 뒷모습이 두 개

형은 요구르트를 훔쳐 달아날 때 제일 멋졌다 몇 번이
고 나는 그 등으로 뛰어들곤 했는데

쉬는 날이면 흰 모래 언덕을 보러 가자고 종종 형은
말했다 그것이 공장에 흩어진 스티로폼 판넬 조각들이
라는 걸 이제 나는 안다

멀리서 보면 우리도 좀 다르게 보일까, 서툴게 꾸민 이
야기로 서로의 눈을 가려 주던 일

　발목을 휘감는 악몽들은 사실 맨발이 헤매는 이불
주름이래,

　도서관에서 본 그림책 이야기를 형에게 들려주던 날
형은 새가 되다 만 얼굴로
　작은 가위질 소리를 내며 웃었다

　또 다른 날에는 이제 막 완성한 도미노 하나를 형이
건드리고 있었다 출발 신호로
　빈 복숭아 통조림을 세 번 두드리는 내가 보인다

나선 아이 둘

심부름을 핑계로 집을 나선다면, 너를 만나러 간다면. 사는 곳 몰라 길가의 돌들을 굴리며 나는 걷겠지. 아무 버스에 올라 모르는 곳에 당도할 때마다 내가 너를 기다리는 어깨라면, 나는 주름 장식을 목 끝까지 채우고 기웃거릴 거야. 터미널의 먼지 냄새. 기름방울이 웅덩이 속에 드리운 무지개를 들여다보다 나는 고개를 들겠지. 두리번거리겠지. 너 오나. 네가 심부름을 핑계로 집을 나선다면, 어느 날 우연히 도착한 터미널에서—역에서—길가의 정거장에서 나를 본다면, 무사히 심부름을 다녀온 듯 살짝 웃으면 돼. 다른 나라에서 온 선물 상자에 쓰인 글자였어, 서로를 조금만 알고 아주는 몰랐으면 하는 마음. 너를 데리고 가기로 했던 숲은 사라진 지 오래지. 내가 남긴 발자국들이 목청 높여 너를 가리키고 있어서, 나는 그것들을 지우고 지우느라 길을 잃고 마침내 숲을 지웠네. 이번에는 다를 거라며 내딛던 걸음마다 주렁주렁 깡통 같은 죄를 매달고 내가 달아나. 그리고 다시 오늘, 주름 장식을 수놓고 현관을 나서는 날. 핑곗거리가 될 물건들이 진열장에 차고 넘치겠지만 우리의 핑계는 거기 없었음 해.

일월의 창턱

오늘은 겨울 화분이 지키는 둘레 곁에 앉아 하루를 보냈습니다 어떻게 지냅니까

이곳은 도착 없는 매일입니다 달아나는 것이 전부였다면 끄덕일 수 있겠습니까

숨이 턱 끝까지 차오르도록 달아나고 더 이상 디딜 곳 없는 벼랑 끝에서야 멈추게 된 줄행랑이었습니다

이곳에서는 흰 양을 책상 위에 올려 두고 구름을 배워요 한 사람씩 입을 열 때마다 구름은 코끼리였다가 여름 나무였다가 아홉 번째인 내가 발음한 이름 하나에 모두가 뒤돌아봅니다

엎지르고 싶은 날엔 책상 아래 숨긴 손등처럼 흰 벽을 마주하고 숨을 골랐어요 열까지 세어 봅니다

선생님이 건넨 낡은 나무 상자 속엔 눈이 소복했습니

다 뭐가 보이니, 양이라고 말하지 않았습니다

　사흘 연달아 꾸던 꿈 속에서 나는 하얀 플라스틱 말을 타고 집으로 돌아가는 작은 등이었는데요

　돌아가면 불 밝힌 창 속에 흔들리는 손 하나 있을 테지만 나는 쏟아지지 않겠습니다

　창턱이 밝아 와요 이제 그만 일어나야겠죠 여기서도 아침이면 배가 고프더군요 노릇한 시리얼을 휘젓는 동안에 또 편지는 잊을 테지요

캐럴

그 방의 기름한 창가에서 내가 본 것은
빈 가지들이었다

불러 볼 수 있을까

해가 뜨고 지고
식탁에 놓인 빈 그릇들이
잠깐씩 둥근 빛이 되어 가는 동안

라디오에선 눈이 올 예정이랬다

무언가를 한 목소리로 외치던 행렬 속
그곳에 그는 서 있었다
그가 나를 보았다는 이야기 속에선
내가 반대 방향으로 걸어간다

한 바퀴로는 부족해서
공원을 두 번 세 번

등나무 아래 늙은 사람들이
흰 돌과 검은 돌을 번갈아 놓는다

벤치 주변에 쌓인 발자국들은
같은 자리에 몇 번이고 도착하고
도착하는 망설임이었는지

눈이 올 예정이라지만
흰 눈을 기다리는 시간에는 시제가 없다

아이의 손등으로 아이스크림이 흐른다
사이렌이 두 번 지나갔다

희부연 거울 앞에 설 때마다
억양을 지운 얼굴로 무엇을 불러 보려 했을까

자동으로 라디오가 켜지고 노래가 흘러나온다

알사탕 분홍 루

    루는 집으로 돌아가는 긴 계단에 앉아 작은 돌 하나를 쥐고 오는 나를 기다리고 있다. 기다리고 있다고 들었다. 그것은 다시 없을 루에 대한 이야기였고 동시에 언제나 있는 루의 이야기이기도 했다.

    이야기 속에서 루는 싹이 난 감자를 한 입 크게 베어 무는 아이였다. 이야기 속에서 루는 집을 허물고 떠나는 키가 큰 인부였고, 이야기 속에서 루는 유리 막대로 시험관을 휘젓는 젊은 생물학도였다. 이야기 속에서 루는 늙거나 자라고 나는 루의 시간들을 쫓다가 넘어지곤 했는데, 앞서 사라진 루가 내 등 뒤에서 나를 불러 세우기도 했다.

    루가 떠났던 열한 번째 여름으로부터 지금은 얼마나 멀어진 걸까. 아마 루라면 다르게 질문했을 것이다. 얼마나 다가선 거냐고. 언젠가 솔밭공원에서 우연히 만난 우리는 벤치 하나를 골라 노랗게 덧칠하며 기념했다. 다시 돌아온댔지? 루의 말에 나는 게토레이를 마저 마시며 눈을 흘겼다.

매번 무성해지는 이야기 속으로 숨어들면서도
왜 너는 불쑥 다가오곤 했을까.

그날 루는 내 입 속에 분홍빛 알사탕을 넣어 주고는
안녕이라고 했다. 몇 번의 우연한 만남과 헤어짐 뒤에 나
는 루의 안녕이 만날 때 나누는 안녕인지, 헤어질 때 건
네는 안녕인지 갸우뚱하게 되는 일이 늘었다.

버스에 올라탄 나를 향해 루가 손을 흔들 때 손등의
잔풀이 따라 흔들렸다. 그제야 작별인 줄 알았다. 루의
초록 배낭이 모퉁이 돌아 사라진다. 덜컹이는 버스 안에
서 나는 잘게 부서진 알사탕을 오래 녹여 먹었다.

이후로 나는 루를 보지 못했다. 어쩌면 아직이라고 덧
붙여야 할까. 우리가 여전히 서로를 가늠할 수 있다면
그 두 글자가 지연시키는 시간 때문일 거라고 생각한 적

있다. 기다릴 거랬으니까. 양철 차양 아래 루.

도달한 적 없는 장면 속에 웅크린 우리가 있었다.

동거

정확한 문장으로 잠꼬대를 하면
입가에 마침표 같은 점이 생긴대,

일기장을 꾹꾹 눌러쓰던 너를 눕히며

어디까지 읽다 말았니

백사장에 그린 그림들을
파도가 쓸어 모아 어느 섬에다 부려 놓는 이야기

바다를 본 적 없는 네게 바다를 들려주었다

책장을 넘기다 손끝이 베인다

누군가 밑줄을 그으며 우리를 읽는 거랬다

무릎 아래서 네가 막 잠꼬대를 시작한다

얼음 상자 배달

거울 조각들이 높다란 담벼락에 박혀 있다

내가 대문 앞의 빈 상자들을 수거하고
상자들을 다시 쌓아 두는 동안
창틀에서 고드름이 두 번 떨어졌다

열렸다 닫힘
안부는 없음

당분간은 문과 문 사이를 오가며
지내게 될 것 같아,

목소리가 쌓아 올린 입김은
나날이 두터워져만 갔다

바람에게 나는 구멍 많은 그림자

마주 걸던 약지처럼

마른 풀들을 구부리며 골목을 빠져나갈 때
모퉁이에서 돌아본 파란 대문은
언제나 겨울 속이었다

단어 하나를 던져 줘요,
열쇠 구멍 가득 깜빡이는 눈동자 하나

찰나는 얼음 속에 갇힌 공기 방울이라서
너는 그곳에서 오래 뒤척일 수 있었다

웃자란 풀들이 내 발목을 휘감고 넘어뜨린다

미도착

세계란 저쪽을 향해서 멀어진 사람이
반드시 이쪽으로 돌아오는 거래*

너는 왼손을 길게 뻗었다가
오른손을 눈앞에 쥐어 본다

창밖으로 풀들이 쏟아져 있었어
웃자란 숲을 끌어안고 놓지 않는 아이였을까
폐허들을 기웃거리느라 입술이 가려웠지

발끝을 맞대고 우리는
서로의 작은 벼랑이 되어 섬 하나를 그렸다

수풀 사이에서 고양이들이 뛰쳐나온다
파도가 끝없이 만져댄 해변은 서서히 허물어지는 중

몽돌 하나씩 살피며 네가 걸어가고 있다

처음엔 작은 점이었는데
새끼 손톱만 한 배가 수평선을 넘어온다
검지—중지—엄지 손톱만 하게 다가오는 것
탁구공만 하게 다가오고 있는 것

여기서 기다리랬는데
해변 왼편으로 멀어진 네가 오른쪽에서 분명…

라면 끓는 냄새에 돌아보니 네가 손짓한다
잘 익었다고 와서 먹자고

텐트 아래에서 면발을 삼키며
우리는 화물선을 본다 축구공만 하게
농구공만 하게 다가오고 있는 것

아파트만 하게 다가오고만 있는 것

*영화 〈오키쿠와 세계〉.

두 사람

내리는 비 속에
빗방울 하나가 빠져 있었다면
오늘과 같진 않았겠지

네가 들어오는 문을 따라
빗소리도 들어온다

번갈아 제습기 통을 비우며
나눠 가지는 물 냄새

칠월의 저녁은 자주 질고

반쯤 열린 문으로
다른 집들의 냄새와 소리가 드나든다

우리도 들키게 될까,

그릇을 비우며

질문을 떠올리는 일이 좋았다

*

오늘을 끌고 들어온 손에서는
우거진 이끼 냄새가 났다

주먹은 제 속의 빗소리를 감추려고
꼭 쥐어 보던 그늘이라서

이불 속에 누워 우리는
서로의 손을 펼쳐 말리곤 했다

한동안 부장 귀가 가렵겠다
긁다가 피라도 나면 좋겠는데

불을 마저 끄면
세계 하나가 사라진다

*

내리는 비 속에
빗방울 하나가 빠져 있었다면

빈 화분에 쭈그려 앉아
우리는 빗줄기를 길렀겠지

벤치와 낮잠

때 이른 변성기 속에서 무궁화꽃이 계속해서 피었다

놀이터를 가로지르는 게 다른 무엇도 아닌 두 사람이 라서 좋았다

당신은 보게 될 것들을 보고 도착은 가야 할 곳에 있 을 테지요,

말을 남긴 노인은 내 이마에 땀범벅으로 매달린 잠 을 닦아 주고 갔다

쨀랑이는 동전 소리가 모자 속을 뒹굴던 오후였다

실감

두 사람이 맞은편 요양원 건물 옥상에서 빨래를 넌다 오래전부터 아침마다 반복되던 이 일을 어느 날은 내가 보기 시작한다

붉거나 누런 직물 사이로 팔들이 오간다 멀리서 흔들리는 인사 같다고 썼다가 지우고 지속하는 바라보기

빨랫감은 매일 커다란 수건들이다

빨랫줄이 멈춘다 룽다 앞을 지나가던 사람들은 잠시 눈을 감는다던데 두 사람은 담배를 마저 피우고 건물 안으로 들어간다

바람이 불면 수건들이 만국기처럼 나부꼈다

내가 아침마다 서 있는 사무실에는 바람이 없고 냄새가 없고 계약이 끝나 가고 장마가 시작된 뒤로는 두 사람이 보이지 않는다

복도에서 발소리가 크게 울리고 누가 오나 보다 했다

일과

푸른과일트럭 씨는 벽돌 울타리 바깥에 있다. 트럭을
몰고 그늘을 따라 옮겨 다닌다. 오전에는 105동의 그늘
속이었다가, 오후에는 맞은편 상가 담벼락 아래였다. 안
경을 닦던 수건으로 그는 날벌레들을 쫓았다. 트럭은 햇
살을 등지고 그림자가 길어지는 쪽으로 머리를 돌린다.
검은 스피커 속 목소리가 발을 헛디딘 듯 끊어지고 푸
른과일트럭 씨는 아파트 단지 입구에서 줄넘기하는 아
이를 본다. 그늘이 느리게 반경을 뻗어 가는 저녁. 그는
노래를 흥얼거리며 시동을 건다. 그늘을 잡아당겨 달리
는 푸른과일트럭 씨. 어제 그는 내게 감자를 팔았다. 감
자는 과일이 아니지만, 포도 상자 속에서 감자를 꺼내
팔았다. 일요일 늦은 아침 나는 감자의 싹을 도려내고
깍뚝썰어 기다린다. 물이 끓고 있다. 당근을 마저 썬다.
부엌 창으로 바라보면 105동 그늘 아래 푸른과일트럭 씨
가 보였다가 보이지 않고 바람이 불어 배롱나무가 흔들
리면 또 잠깐씩 보인다. 끓고 있는 카레 속에서 야채들
이 떠올랐다가 가라앉길 반복한다. 흰 밥을 푼다. 카레
는 달고 매콤할 것이다. 설거지를 끝낸 뒤 산책에 나서면

상가 담벼락 아래 푸른과일트럭 씨.

모조 식물원 토우
—여름 전시

세 발짝 멀리서도
생화와 조화를 구별할 수 있었다

상한 게 하나 없잖아, 조화를 배치하던
관리인의 말이다

나는 손수레에 가득 쌓인 조화 속에서
그가 가리킨 색을 골라 집어 준다

그를 따라 다음 화단으로
다시 다음으로

일정한 간격으로 배치된 스피커 속에서
매미와 풀벌레 소리가 반복되고

이곳은 유리 장막 아래 멈춰 있는 여름

배색 작업을 끝낸 그와 내가

장갑을 터는 동안

토우 회사 인부들은 흰나비를 쫓는
아이들 시리즈 중 두 번째를 옮겨 왔다

나는 몇 번째가 되어 갑니까

내일은 장마를 연출할 거랬다

멈춘 아이들이 이어 가는 여름 속에서
젖은 목덜미가 따가웠다

야간 경비

두 그루 가로등 사이에서 문득
생각이 나 돌아보면
오래전에 나를 거닐던 안개가
거기 멈춰 있다

어떤 폭발은 수백 광년의 거리를 날아
이제 막
누군가의 눈에 도착하고 있는
작은 빛이었는데

걸음에 흔들리는 내 손을 따라
랜턴 불빛이 도서관 복도를 오르내린다

그날 뿌연 시야 속에서
맞은편 빌라의 유리창 하나가
대답처럼 불을 밝히던 일

창문을 열고 어느 날 문득 그가 내려다보면

가로등 두 그루의 둥근 빛 사이에 서서 잠시
뒤를 돌아보는 검은 고양이 하나

3부
맞은편으로부터

기둥 사이로

감귤나무 아래 서면 흔들리는 손이 먼저 보인다 부지
런히 매듭을 묶고 푸는 손 그는 낮은 풀들을 헤치며 걸
었다 기둥이 그를 감춘다 눈을 감았다 뜨면 기둥과 기
둥 사이에 이제 그가 있고

이곳에선 내가 할 일이 없다 해야만 하는 일 말고 내
가 할 수 있는 일 옅어지는 그늘 속이었다 머리 위를 지
나는 비행운을 바라보다가 문득 그를 찾으면 그는 또 하
나의 기둥으로부터

거기 누구 없어요? 그의 손이 잠깐 멈추고

내가 늙고 있다

공원의 맞은편 오후

지금 아이의 무게만큼 흔들리고 있는 그네가
나의 미래라고 말해 본다

나를 지나치곤 했던 아이의 산책은
매일 늘어만 가고

키 자란 아이의 손끝에서 흔들리던 검은 봉지

그 부스럭거림을 기억했다 언제든
지나치는 와중이겠지만

너와 잠시 앉아 있고 싶구나,
당연하게도 이 말은 삼킨다

매일 다르게 반복되는 장면 속에서
자라고 자라도 작은 너를 보는 동안

신발코 끝으로 오후의 빛이 미끄러져 온다

봉지에 든 생크림빵은 달고 부드럽겠지

나는 벤치에 앉아 또 한번 네가 지나가고
지나가기를 기다리기 시작하고

너의 지나가는 사람

밀랍을 녹이던 사람은 천천히 밀랍을 마저 녹였다

거품 내던 사람이 우유 거품을 쏟아내고
유리잔 위로 시나몬 가루 흩어진다

지나가던 사람은 계속 지나가는 중

이삿날 비워 둔 서랍 속으로 눈이 내렸다
비울수록 환한 상자 모서리 밖에서
파도는 하나—둘 부서지며 해변을 쌓고 있었다

해마다 이사하던 사람의 이사는 해마다 반복되고
  이곳에서도 밀랍을 녹이던 사람은 밀랍을 녹이는
구나

나는 몇 번째 당신의 지나가는 사람입니까

처음 해무를 배운 아이는

버스 차창에 이마를 대고 해무—해무 했다
구름을 듣는 일과 달랐다

해무를 발음하던 너는 해무를 기억하게 되는지

어느 아침 자욱한 구름을 향해
입술의 양 끝을 당기며 발음해 볼 때
너는 몇 번째 해무를 헤매게 되는지 몇 번이고 너는

상자 가득 내가 보인다고 했다

지나가고 있었다 내가 떠난 도시 위로
흰 물풀
흰 양털 구름
잠깐씩 외워 두었던

루의 자리

이쯤에서 루의 수첩을 펼친다 *정거장은 한나절쯤 서성여도 의심받지 않는 곳* 문장 아래엔 반복해서 그린 눈이 있고 눈 속은 점들로 빼곡하다

이따금 내가 외워 둔 저녁 속에서 루는 비를 맞는 석상으로 서 있었다 말을 걸고 또 걸어도 꾹 다문 입술로
먹살을 쥐고 흔들면 거꾸로 내가 깨어난다

이 언덕에서 멀어지는 것들은 저기 저 작은 점들이 되어 갔어

오래전 루의 말을 이곳에 불러 모으면 곁이 될까, 마침표로부터 시작하는 문장처럼

벤치에 앉아 기다린 적 있다 루는 잠든 척했고 이야기를 이어 간 건 나였다 혓바닥 아래위로 숱하게 갈라지던 결말들
실룩거리는 입술이 부끄러웠지

그래서? 그래서 어떻게 됐는데? 부러진 나뭇가지마다
잠꼬대 같은 질문을 매달며 루는 멀어진다 가끔 그렇게
없는 사람처럼 루는 있다

　너를 받아쓰고 나는 내가 될게,
　텅 빈 공원에서도 시계탑의 시침들은 돌아가고

　*아마도 나는 언젠가 당신의 발치에 놓여 있던, 혹은
놓일 살구겠지만 오늘은 아녜요* 루의 문장이 지나가고
무르익은 살구들이 으깨진다
　빈칸을 콕콕 집어내는 비둘기들

　소실점으로 사라진 네가 어느 날 불쑥 지평선의 작
은 점을 비집고 내게 온다면 나를 쥐고 흔든다면

　이쯤에서 수첩을 덮는다 오래된 약속처럼 회색 콘크
리트 바다 위로

빗방울들이 점점이 얼룩을 그리고 있다

재생과 되감기 사이

커튼이 흔들리고 있다
내 창가의 일이 아니다

빽빽이 자라난 검은 풀들을 헤치며 사람들은 벗어나
고 있다 벗어나는 것처럼 보인다 침상과 침상을 지나
구르는 바퀴 곁에 누워 그것을 들었다

양이 있었다 묶여 있었다 헛간이 있고
그곳에 네가 잠들어 있다고 했다

어느 날은 양을 안아 든 내가
헛간을 지나 긴 끈을 끌며 그곳을 떠났다고

건물에 들기 전 내게 주어진 이야기였다

오래 머물고 싶은 곳엔
작은 돌 하나를 두고 돌아섰는데
다섯 해를 지나

다섯 개의 돌을 굴리며 너는
공기놀이를 시작했다고 한다

돌 하나를 잃어버리면 열매를 주워 와
돌 하나를 잃어버리면 열매를 주워 와

다섯 개의 열매를 주우러 너는 어디까지 갔을까 돌아
오는 길에는 보았을까 창가에 서서 흔들리던 투명과
말린 열매 한 줌
두고 간 자리에도 네가 없었다

건물 바깥의 사람들이 밟고 지난 자리마다 풀들이
눕는다
저곳을 지나면 양들이 울겠지

도망자의 뒤꿈치는 넘어가고 또 넘어갔다 매일 밤 너
는 머리끝까지 이불을 덮어쓰고 그들을 쫓았다

헛간을 지나 긴 꼬리 같은 끈을 끌며 검은 풀들을 향해 걷다가 걷다가 너는 벼랑이 되었다던데

　어느 날은 돌 하나를 쥐고
　내가 찾아가

　여기 침묵이 있어 발 담근 강물 아래엔 둥근 돌들이 있었어, 너는 다섯 개의 돌과
　다섯 개의 열매를 떠올릴까

　창문을 가진 침상의 주인들은 이곳에 머문 지 오래되었다고 했다

　침상과 침상 사이로
　내게 주어진 바깥이 보였다

저녁과 후렴

녹아 사라질 걸 알면서도 우리는 눈을 뭉쳤다 잠긴
문을 부러 흔들어 보기를 관두고 몰두할 일을 찾아나
선 겨울이었다 내가 꺾어 온 겨울 나뭇가지들로 너는 양
들이 찾아오는 나무 집을 지었다

그곳에서 우리는 양들이 찾아오는 나무 집 이야기를
읽었다 그 이야기 속에 등장하는 약속의 나무를 찾아
내내 숲을 헤매던 2월은 잠긴 문을 흔들어 보는 일과 다
르지 않았다 키 큰 나무들이 가리키는 사방팔방을 쫓
았다

올려다보면 빈 가지들로 깨진 유리 같은 저녁 네가
물어뜯던 손톱을 닮은 빛이 그곳에 걸려 있곤 했다 우리
는 읽은 적 있다 도시의 시간에 비해 작은 신의 시간은
한없이 늘어져서 지구의 저녁을 들여다보는 뚜껑을 여
닫는 데만 보름과 보름이 걸린다는 이야기

작은 신이 사는 나라의 빛 아래를 지나고 또 지났다

양들이 찾아오는 나무 집으로 돌아가고 있었다 돌아간다고 했는데 철거 현장에 쌓인 나무 파편들은 더 이상 양들이 찾아오는 나무 집이 아니게 되었다

이름 모를 거대한 중장비들을 지나 우리는 무너진 그늘 아래로 들어갔다 뭉쳐 둔 눈을 찾아 뒤적거리며 빈손이 되어 가고 있었다 부서진 울타리 너머로 다음 숲이 보였다 우리는 그곳으로 갔다 빈 가지들을 지날 때마다 머리 위에서 얼음을 깨문 빛이 쏟아져 내렸다 철제문 흔드는 소리와 웃음

숲을 지나 큰길에 이르렀을 때 맞은편 도롯가에선 우리가 눈을 뭉치고 있었다 녹아 사라지는 줄 모르고 빛 아래 흩어진 저녁 중 하나라고 네가 말했다

호수공원

드문드문 떠 있는 가로등 빛 아래를 지났다

아이는 주운 나뭇가지로 울타리를 치면서 걸었다

잠자리의 입방체 얼굴 속에선
동서남북이 아이였다

난간을 실로폰처럼 두드리며
소리로 먼저 오는 아이

흰 공을 튀기다 짧게 깎인 잔디밭을 가로질렀다

웃자란 쐐기풀 사이로 달리는
아이의 좁고 마른 어깨

장면은 거기서 멈춘다

길이 사라지고 아이는 보이지 않는다

난간을 두드리며 다가오는 소리

그 속에 아이는 다시금 있고

너는 누구였을까,

잠에서 깨면 상한 모과 냄새가 나곤 했다

돌아가는 사람

건반을 누를 때마다 숲에서 새들이 날던 날
네 눈 속으로 가라앉은 작고 둥근 돌을 주우러 갔다

비석에 이름을 새기던 사람이 있었다
내가 찾던 돌이 아니다

그가 가리킨 방향을 올려다보았을 때
난간에 매달린 아이는 이마를 떨어뜨렸다

미열은 오래 덮어 두고 헤매던 미로였지만
네 것은 차갑게 식어 있었지

희고 자욱한 눈꺼풀이 되어 가는 창문을 뒤로하고
계속 걸었다 있잖아,
실은 그곳엔 아무도 없었어

너를 돌려보내고 나는 검은색으로 썼다

돌을 찾는 동안 한 사람이 늙어 갔다
달아나고 있었다

부엌 창가에 서서 불렀다 울타리 짚고
돌아오며 네가 흥얼거리던 노래

언젠가 이 모두를 네게 다 돌려주어야 했다

수풀과 풀숲

한낮이었어 들어선 곳은 처음 보는 낡은 콘크리트 건물이었어 그곳은 한낮의 나머지였어 바람이 불 때마다 철제 창틀이 흔들리는 바깥이었지 나는 개울을 건너 그곳으로 갔어 발을 적시고 종아리를 적시고 흙탕물이 뚝뚝 흘러내렸어 지난밤 내가 놓친 물병이 상류에서 흘러오고 있었지 나는 그것을 주워 들고 풀숲을 넘었어 풀숲을 넘어 그곳으로 갔어 마른 풀들이 부러지는 소리는 계단 끝까지 이미 굴러가 있었어 나는 문턱을 딛고 서서 텅 빈 회벽을 바라보았어 물결무늬 표정이었어 안으로 들어섰을 때 두터운 먼지가 발아래 소리를 떨어뜨렸어 계속 걸어 들어갔지 두 번째 문을 지나 세 번째 문을 지나 다다른 곳에도 회벽은 웃거나 울고 있었어 부러진 수레바퀴들이 건물 구석구석에 놓여 길을 되감는 중이었어 지워지고 있었어 흙탕물을 흘리며 걸어온 발자국이, 누운 풀숲이, 개울은 회복되어 가고 있었어 창밖으로 노을을 굴리며 누군가 다가오는 게 보였어 붉은 수레를 미는 늙은 사람이었지 바람이 부는 모양 따라 늙은 사람은 여자였다가 남자였다가 작은 아이처럼 보이기

도 했지 실은 아무도 아니게 되었어 무언가를 끌어안은
듯 굽은 등만이 남아 있었어 삐걱이는 소리와 함께 낡은
수레가 건물 앞에 멈춰 섰을 때 그는 세면대 거울 앞에
선 것처럼 나를 보고 말했어 이제 왔냐고 했어 이제 왔
냐고 말했어 나는 왼손에 쥔 둥근 물병을 내려다보았어

소리 나선 계단

커튼을 닫고 한 발짝 물러서서 네가 들여다보게 될 반원구 속의 작은 세계를 회상했다

문가는 일렁이는 빛이었고

너는 흰 새의 비행을 쫓던 눈빛이었다가 어느 날은 실타래 굴리며
작은 세계의 울타리까지 가 보게 될 문턱이었다

너는 꺾게 될 거야 딱 한 송이만 꺾게 될 거야 그 한 송이를 거듭해서 꺾겠지 무게 없이 누적 없이 네가 손을 뻗으면 담장은 여전할 거야

네가 올려다본 계단 난간이 잠시 흔들린다면
그것은 내가 남몰래 굴려 보낸 이야기

언젠가 몸속의 잠을 다 떠돌고 돌아오는 날 너는 이 모든 걸 잊고 오래도록 태어나고 영문도 모른 채 울음을

터뜨릴 텐데

현관문 열리는 소리에
뒤를 돌아다본다

아직은 너의 도착이 아니다

횡목

간밤에는 스케치북을 찢는
아이의 뒷모습이었다
하얀 강물이
방바닥은 되어 가는 중
열린 창문으로 두 손이 불쑥
들어왔다 두 손만이
들어와 움직이고 있었다
움직이며 아이의 머리 위로
자국을 남기고 있었고
손을 뻗어도 닿지 않았다
두 손 아래 아이를 바라보며
내가 뒤척일수록 이 장면이
흐릿해질 거라고
나는 끄덕이고 있었고
사라지기 전에 닿으려고
일어서려는 아이의
뒤꿈치로부터 잠이 달아난다
이제 막 깨어나

다른 잠 속이
되어 가려고 두 손이
빠져나가고 있었다
눈을 떴을 때 나는
이미 혼자였고
초침이 연필심 부러지는
소리를 내는 동안
떠올리기 시작했다
스케치북 낱장으로 흐르던
방바닥과 머리 위를
맴돌던 손짓
아마 오래도록
오고 있을 것이었다

산책

천변을 산책하던 중에 한 사람이 지난다

흰 셔츠를 입고 소매를 반쯤 걷어 올린 채
자전거 페달을 규칙적으로 밟으며
그는 잔해를 지나 구시가지 쪽으로 멀어지고

나는 그의 흰 등을 바라보다가
석조 다리 아래로 시선을 떨어뜨린다

바람이 불 때마다 도착하던 물소리는
우리를 강물 아래 세워 두곤 했다고,
그것은 여름 나무 아래였다고 네가 말했다

돌덩어리 두 개가 검은 물에 잠겨 있다

원한다면 언제까지라도 나는
그들을 내려다볼 수 있었는데,

누가 부르는 소리가 들려
맞은편으로 고개를 돌린다

낱말 카드

그것은 내가 다 늙은 뒤의 일일 거야 나는 의자를 눕히고 자장가를 불러 저물녘이면 물소리가 들린다며 귓바퀴를 긁적이겠지 창턱에 놓아둔 돌들이 태양 빛을 잊고 조금씩 식어 가는 동안 나는 저녁으로 감자샐러드한 입, 물 한 모금을, 감자샐러드 한 입, 물 한 모금을 먹고 마시겠지 돌들이 다 식은 후에는 빨간 담요를 두르고 화면에 비친 검은 낱말들을 외우며 잠을 기다릴 거야 가로등 빛이 천장에 드리운 빛 상자가 밤새 나의 잠을 지키겠지 선잠 속으로 끼어들던 기억에 대해 묻는다면 나는 숲을 산책하던 오랜 버릇처럼 뒤꿈치만 살짝 들어 보일게 네 평 남짓한 방에서 하루가 굴러가도 심심하지 않겠지 언제나 만지고 바라볼 것들이 차고 넘칠 테니까 매미 허물, 조개껍질, 문을 잃은 열쇠, 구슬이 담긴 물병과 그 병 아래 떨어지는 빛 무늬, 갈빛 깃털, 목조 건반 조각, 자개단추… 편지와 사진은 가장 나중을 위해 초록 배낭 속에 넣어 두고 나는 주어진 것들로 시를 써 부족하면 서랍 속에서 낱말 카드를 꺼내 뒤섞어 보겠지 눈이 시려 고개를 들면 서쪽 창가에 놓인 돌들이 갓 씻은

사과처럼 붉게 빛날 거야 창가에는 내가 그곳에 서 있기
에 발생하는 맞은편이 있지 봉제 인형의 잃어버린 단추
를 찾아 골목을 헤매는 아이들과 여름 언덕에 앉아 얼
음을 깨물어 먹는 아이들 다음 낱말 사이로 뿔뿔이 흩
어지기 시작할 거야 그러면 나는 아껴 둔 귓속말을 되뇌
듯 느리게 눈을 깜빡이며 서 있겠지

모래 아이 이후

너는 긴 모래밭에 앉아 공중으로 순서 없이 떠오르는 자신의 낱말들을 보았다 벗어나고 싶었는데 너는 발치에 놓인 여름 살구처럼 멈춰 있다

관광객들이 모래밭을 지나간다 모래는 따뜻했다 또 한 무리의 관광객들이 너의 낱말들 앞에서 고개를 갸웃거렸다 물장구는 빠르게 멀어지고
낱말 하나가 모래밭으로 풀썩 꺼진다

썰물의 느린 포말이 저녁을 끌어당기는 동안에도 너는 낱말들 사이에 앉아 중얼거리고 있었다 모래 주름 위를 지나 그림자는 시침처럼 길어지다 사라지고

낱말 하나가 다시 모래밭으로 떠오른다 네가 엉덩이 털고 일어나 발자국을 시작하는 밤이면 모래밭은 이미 어제의 낱말들로 가득했다

나는 모래밭으로 이어진 철제 계단에 앉아 어쩐지

이 모든 걸 보고 있었다

　마지막 낱말이 마지막인 줄 모르는 채로 흩어진다 그
날도 관광객 중 하나가 낱말을 올려다보며 매부리코 위
로 안경을 고쳐 썼다

　네가 떠나고 모래밭은 나의 일기장이 되었어, 혀끝으
로 모래알들을 뒤적이며 하루와 하루는 너의 시간보다
앞선 기억처럼 종이 위에 먼저 도착하곤 했다

기도

물가에 돌을 던진다 보이지 않게 쌓고 있다 사라지는
돌이 있다 돌을 던질수록 돌들을 모르게 되었다

물가를 지나면 내리막이 시작된다 굴러가는 돌이 있
고 내가 서 있는 자리에서는 그 끝이 가늠되지 않는다

다만 그려 볼 수는 있다 눈을 감거나 흰 종이 앞에 앉
아 검은 글씨로 쓰고 또 구부리기

의자처럼 빈자리에서 시작된다 돌을 던지던 물가 돌
들이 보이지 않게 쌓이는 바닥 다시 물에 잠기는 의자

파문이 그리는 등고선에 오르막길이 보인다 민들레
씨앗을 부느라 말하기를 멈췄던 그 언덕에서도 나는 돌
을 던지는 사람이었다

오후에 말려 둔 접시의 물자국처럼 닦아 보는 굴곡
쥐어 보는 마음과는 멀리 떨어져 앉아

무슨 이유가 있어 돌을 던지고 쌓는 것은 아니다 그
저 돌을 던지다 보니 돌이 쌓이고 있었을 뿐

내가 쌓은 무더기를 생물들은 무심히 지나간다 그들
을 불러 세워 돌들에 깃든 이야기를 읊는 건 내가 할 일
이 아니라서

물가에 돌을 던진다 보이지 않게 쌓고 있다 돌을 던
질수록 돌들을 모르게 된 내가 이제는 물가에 앉아
　돌 하나를 줍는다 돌 두 개를 줍는다 돌아오는 돌이
있다고 했다

아침의 계속

이곳에 도착했을 때 계절은 이미 끝나 있었다. 여름 같은 날씨와 겨울 같은 날씨만 순서 없이 오갔고 간절은 흐린 날 구름 뒤편의 태양처럼 있거나 없었다.

플라스틱 조각들을 토한 채 굳어 있던 왜가리 한 마리를 화단에 묻어 준 적 있다. 생물학 시간에 보았던 시조새 화석을 닮아 있었다. 오래전 왜가리는 작은 점 하나가 되어 멀리까지 날아가곤 했지만 이제는 그 작은 점들이 보이지 않는다. 왜가리를 묻은 자리에 풀들이 돋기 시작했다.

이른 아침 창가에 서면 두 사람이 가방을 메고 측백나무 담장을 나란히 걸어갔다. 하루는 남매 같다가 하루는 키가 비슷한 노인과 아이였다. 어느 날은 두 남자 아이가 손을 잡고 플라타너스 길 너머로 갔다. 훗날 그들이 서로를 향해 먹물을 겨눌 거라는 걸 교실의 흰 벽은 알았고 나도 알았다. 그들의 발소리를 초침 삼아 흘려보내던 오전은 길었다.

바람은 웃자란 수풀 사이에서, 혹은 서서 죽은 나무 위에서 소리를 겹겹이 쌓아 갔다. 가끔은 그 소리에 섞여 부유하는 먼지처럼 웃음과 물음들이 지붕을 밟고 흩어지기도 했다.

오늘은 꽃피는 아몬드나무의 푸름을 민소매로 걸친 두 사람이 보였다. 마당에 쌓아 둔 키 작은 벽돌 탑들을 그들이 지나간다. 탑들이 드리운 좁은 그늘이 하루를 굴리는 동안 옆집 노인은 그늘 속에 앉아 마른 가지를 뚝뚝 부러뜨렸다. 나는 문턱을 넘어 나비란 줄기들을 지나 밖으로 갔다. 문은 변함없이 등 뒤에서 한 번 닫히고, 두 번 잠겼다.

강기슭 버드나무까지 걸어가면 맞은편에 앉아 있는 사람이 보였다. 그는 매번 손을 흔들었다. 녹빛 강물을 사이에 두고 서로를 향해 손을 흔드는 아침. 그와 인사를 나누고 나는 남은 산책을 마저 했다. 그가 언제쯤 돌

아가는지 나는 모른다. 다만 다음 날도 또 그다음 날에
도 그는 맞은편 강가에 앉아 흔들리는 손이었다.

겨울 같은 날씨에는 몸을 덥히려 해변까지 조금 더 걸
어야 했다. 걷다 지치면 바람막이 삼아 쌓아 둔 검은 유
목들 사이에 앉아 숨을 골랐다. 잔가지 사이로 올려다
본 하늘은 언젠가 편지에 동봉되어 있던 유리 조각의
투명이었다. 구름이 양 떼 같다고 생각한 적은 없었고,
두고 온 이름들을 짧은 기도문처럼 외우다 잠깐씩 잠에
들었다. 어쩌면 오늘은 추운 잠 속에서 시작된 여름이었
을까. 몇 번의 계절과 날씨가 그렇게 오고 갔을까.

어느 날은 등 뒤로 아이가 다가와 내 눈을 가리고 물었다.
누구-게!

*

루는 대답 대신 긴 꿈을 꾸었다.

해설
───────────────

나의 첫 심부름

김진석

나의 첫 심부름[1]

김진석(문학평론가)

언제인지 모를 장면들이 번진다. 입가를 핥으면 혀끝
에서 느껴지는 짠맛, 이마에서 흐르는 땀과 차라리 질
끈 감던 눈, 그날따라 유난히 무겁던 보조 가방 그리고
한여름이면 더 멀리 날아가던 피아노 학원의 하농.

한 무리의 아이들이 포도 맛 슬러시를 손에 든 채 나
를 스친다. 떠오르지 않는 얼굴을 기다리다 무심코 손
넣은 주머니는 뻥 뚫려 있고, *무엇을 어디에서 잃어버린
걸까*, 개미 떼의 행렬을 응시하며 왔던 길을 되돌아간다.
풀숲이 흔들릴 때마다 춤추는 빛, 혹시 *저거인지도 몰
라*, 허리를 숙이자 어깨 위로 구슬이 와락 쏟아진다. 짤
랑거리며 구슬은 점점 멀어져 가고, 언젠가 내가 두고
온, "어른이 되어서도"(「베란다 숲 기억」) 반짝일 이야기
들이 흩어진다.

*

1 닛폰 테레비의 예능 프로그램, 〈나의 첫 심부름〉(1991~)에서 제
목을 가져왔다.

남수우의 시를 읽다 보면 자꾸만 뒤를 돌아보게 된다. 무언가 넣어 두었으나 좀처럼 떠오르지 않는, 하지만 오래된 장롱 구석 어딘가에 분명히 있을 기억의 상자에서 낱말을 꺼내 시인은 문장이자 장면 혹은 공간을 만들어낸다. 그곳에는 "매미를 본 적 없"어 "여름마다 나무가 울었다"(「계주」)고 말하는 아이가 있고, 고백을 "굴에 대고 속삭이"(「구름사다리」)던 아이가 있으며, "싹이 난 감자를 한 입 크게 베어 무는"(「알사탕 분홍 루」) 아이도 있다. 이처럼 남수우의 시편 곳곳에는 아이의 모습이 자주 등장한다. 그리고 이 아이들은 살면서 우리가 써 내려온 무수한 기억의 낱장 중, 끝을 접어 두었으나 미처 펴 보지 않은 페이지를 펼쳐 보라며 소매 끝을 잡고 흔든다.

그러나 시인은 아이의 목소리를 빌려 말하지는 않는다. 나아가 시적 공간에 들어앉은 아이에게 딱히 손을 내밀지도, 다붓이 어깨를 대거나 별다른 말을 붙이지도 않는다. 비록 아이와 함께하고 싶을지언정 시인의 화자는 철저한 관찰자로 머물며 "너와 잠시 앉아 있고 싶구나"라는 말을 "당연하게도"(「공원의 맞은편 오후」) 삼키는 사람이다. 이러한 남수우의 방식, 그러니까 아이가 타는 그네를 밀어 주는 대신 "아이가 밀다 떠난 그네"(「플랫」)만을 응시하거나 이름을 묻지 않고 "너는 누구

였을까"(「호수공원」)라며 자문하는 태도는, 시인이 시상을 견인하는 지점이 과거의 한순간일지라도 시상을 전개하는 방식이 과거를 재현하거나 회상하는 방식으로 이루어지지는 않는다는 것을 의미한다. 예컨대 시인이 지나간 시점을 다루는 형식은 일기를 펼쳐 보는 일과는 다르다. 썼던 글들을 읽어 내리며 '그때는 그랬다'라고 추억하거나 '그랬으면 어땠을까'라며 가정하거나 어쩌면 '내가 지금 거기에 있다면' 하고 바라거나 후회하는 게 아니라는 의미다. 오히려 영상에 가깝지 않을까. 낡고 먼지 쌓인 비디오테이프 그러나 재생하면 나오는 화면은 기억과는 무관한, 관여할 수 없는 하나의 독립적인 세계다. 흐릿하게 혹은 선명하게 재생되는 무수한 브라운관 앞에 앉아 시인은 '지금-여기'에 현전해 펼쳐지는 수많은 지나침을 응시한다. 다음 시를 살펴보자.

> 지금 아이의 무게만큼 흔들리고 있는 그네가
> 나의 미래라고 말해 본다
>
> 나를 지나치곤 했던 아이의 산책은
> 매일 늘어만 가고
>
> (중략)

매일 다르게 반복되는 장면 속에서
자라고 자라도 작은 너를 보는 동안

신발코 끝으로 오후의 빛이 미끄러져 온다

봉지에 든 생크림빵은 달고 부드럽겠지

나는 벤치에 앉아 또 한번 네가 지나가고
지나가기를 기다리기 시작하고
                               —「공원의 맞은편 오후」 부분

  오후의 공원, 화자는 그네를 타고 있는 한 아이를 응
시한다. 그러고는 아이의 무게로 흔들리는 그네를 자신
의 '미래'라고 말한다. 여러 번 화자를 지나쳐 온 아이는
어쩐지 "자라고 자라도 작은" 모습이고, 화자는 변하지
않는 모습의 아이가 다시 또 "지나가고/지나가기를 기
다리기 시작"한다.
  앞서 남수우의 시에서 아이는 언젠가 있었던, 한때
있었을 순간을 여기로 소환하는 매개이며 동시에 시인
은 이를 회상하지 않고 이곳에서 재생한다고 말했다. 그
리고 과거의 장면이 현실로 시현되는 과정이 반복된다
면, 그러니까 "매일 다르게 반복되는 장면 속" 아이가 자

신을 스치고 그렇게 스친 아이를 "지나가고/지나가기를 기다리"(「공원의 맞은편 오후」)는 순간이 끝없이 진행된다면 과거와 현재의 구분은 무의미해지고 아이와의 마주침은 '겪었던 미래'가 된다. "눈이 올 예정이라지만/흰 눈을 기다리는 시간에는 시제가 없"(「캐럴」)듯 경험된 미래라는 모순 속에서 시간은 무용해진다. 다시 말해, 시인에게 있어 시간은 줄에 꿰인 구슬처럼 일직선상으로 연결된, 그리해서 처음과 끝을 가르고 인과를 따질 수 있는 개념이 아니다. 그건 마치 땅바닥에 쏟아진 구슬처럼, 각자의 시간을 머금은 물상이 각기 다른 각도로 빛을 반사하며 서로 다른 자리에 흩어져 있는 모습과 같다. 시인은 그 앞에 쪼그려 앉아 자신한테서 쏟아진, 순서 따위는 의미 없는 구슬들을 바라본다. 단단한 겉면에 손가락 끝을 대어 보며 그 속에서 출렁이는 빛이 "만날 때 나누는 안녕인지, 헤어질 때 건네는 안녕인지 갸우뚱"(「알사탕 분홍 루」)한다. 시작과 끝이 같은 말들이 들리고 "돌아간 사람들이 다시 도돌이표처럼 걸어 들"(「비 온 뒤 숲속」)어오는 곳, "자라도 자라도 작은"(「공원의 맞은편 오후」) 아이들이 무수히, 무수한 자신을 스치는 세계에서 남수우는 구슬 속 물결들을 헤집는다.

*

흔히 시인을 산책하는 사람에 비유하고는 한다. 사람
과 사물, 자연과 문명의 안과 밖을 걸어 보던 그들은 일
상이 비일상적으로 변하는 순간, 가슴속에 묶어 두었던
말들이 내막을 깨고 비로소 시가 되는 순간들을 마주
한다. 그리고 이러한 찰나의 대면을 위해 그들은 물상을
이리저리 헤집어 보거나, 때로는 그 위에 손을 얹고 감
각해 보거나, 가끔은 자리에 눌러앉아 직접 대상이 되
어 보는 방식으로 언어를 길어 올린다. '나'와 세계의 동
일시라는 서정의 유구한 본령을 준수하기 위해 시인은
끊임없이 대상에 바투 앉고자 하는 사람, 흘러나오는 말
들을 받아 적고자 산책 중에 자꾸만 걸음을 멈추는 사
람이다.

그러나 남수우가 보여 주는 시작詩作의 양상은 이러
한 산책자의 방식과는 조금 다르다. 그에게 시작은 무언
가를 주머니에 담아 오기 위해 나서는 발걸음이 아니
다. 그것은 주머니에서 빠져나간, '잃어버린 것들의 목록'
을 더듬어 보며 지나왔던 길을 되돌아보는 모습에 가깝
다. 그 길 위에서 시인은 "왼쪽에서 태어나 오른쪽으로
사라지고 있"는 "산책자"를 다만 바라보는 사람이며, 어
쩌다 시의 순간을 목격해 언어로 정제하더라도 "자꾸만

지우개에 눈이"(「물 아래 저녁」) 가는 사람이다. 남수우
는 시가 현전하는 순간을 채집하고자 감각과 영감이 들
이차는 미지의 공간으로 손을 뻗는 대신 애착이 녹아들
고 가치가 부여된 장소를 돌아다닌다.[2] 아니, 정확히는
돌아다니는 모습을 지켜보는 행위를 통해 배회한다. 시
인은 제 앞에 흩어져 있는 무수한 구슬의 반짝임을 응
시하며 이제는 자신이 아닌 그러나 자신이었던, 어쩌면
자신이 될 수도 있는 아이의 걸음과 그 움직임이 만들어
내는 반향을 응시한다. 그리고 "백사장에 그린 그림들"
처럼 이내 지워져 사라질, 잊혔어야 할 순간을 "파도가
쓸어 모아 어느 섬에다 부려 놓"(「동거」)듯 차곡히 개켜
놓는다. 그는 대상에 가까이 다가가는 대신 대상의 뒤편
을 내내 응시하는 사람, 흘러나오는 말들에 주억이는 대
신 흘렸던 장면으로 손을 뻗는 사람이다. 그렇게 남수
우는 생생한 목소리 대신 "사라지고 잊히고 나서야 내
게 도착"(「기계 새와 노래하는 굴뚝」)하는 이야기에 귀
기울이며 "불을 마저 끄면" "사라"지는 "세계"(「두 사람」)
에 남아 암순응을 기다리는 방식으로 시를 쓴다.

---

2 지리학자 이-푸 투안은 공간(space)과 장소(place)를 구별하며
개방적이고 추상적이며 이동과 가능성을 제공하는 공간과 달
리 장소는 인간의 경험과 관계를 통해 형성된, 시간성을 내포한
의미 있는 지점이라고 설명한다. 이-푸 투안 저, 윤영호·김미선
역, 『공간과 장소』, 사이(2020) 참고.

그렇다면 아이가 점멸하는 세계 속에 남아 시인이 맞닥뜨리고자 하는 것은 무엇일까. 어째서 그는 "숲속에 홀리고 다"닌 "일기"를 쓸어 넘기며 "마주 잡은 두 손에 고인 좁은 그늘을 기도라고 믿던 날들"(「비 온 뒤 숲속」)을 내내 되돌아보고 있는 것일까. 습자지처럼 어둠을 빨아들이고 나서야 비로소 눈에 들어오는 장면이란 대체 무엇일까.

*

〈나의 첫 심부름〉이라는 프로그램이 있다. 부모님의 부탁을 받은 아이들은 생애 처음으로 혼자 심부름을 나선다. 누군가의 손을 잡고 들렀을 익숙한 장소들이겠지만 의지할 사람 없는 여정은 낯섦과 두려움의 연속이다. 그러나 아이는 혼자이면서도 혼자가 아니다. 멀쩍한 곳에는 걱정과 대견함을 눈에 가득 담고 아이의 뒷모습을 지켜보는 어른이 있다. 물론 그들은 어지간한 돌발 상황이 아니고서야 개입하지 않는다. 아이에게 있어 첫 심부름은 혼자서 처음 겪는 세계와의 대면이자 동시에 역할을 인지하고 수행하는 존재 확인의 장이기 때문이다.

나는 거기서 아이가 아닌 어른을 본다. 전봇대 혹은 담벼락 뒤에 숨어 아이를 쫓는 부모의 시선을 본다. '나'

에게서 걸어 나왔을 그러나 '나' 없이 꿋꿋이 다른 길로 접어드는 아이를 지켜보며 그들은 아이가 독자적인 세계를 갖게 되었음을 인지한다. 민들레 꽃씨처럼, 이전이기도 이후이기도 한 개체가 찬찬히 나부끼는 모습을 응시하며 그들은 무엇을 떠올리는가. "기억하는 미래"(「셔터」)의 한가운데에서, 가깝지만 닿을 수 없는 뒷모습을 담고 어떤 말을 삼키는 건가.

한 사람에게 가장 먼 곳은
자신의 뒷모습이었네

그는 그 먼 곳을 안으러 간다고 했다

(중략)

거실의 빛이 문틈을 가를 때 그는 이 방을 겨눌 것이다
번쩍이는 총구를 지구 끝까지 늘리며
제 뒤통수를 겨냥한다고 해도 누구의 탓은 아니지

거울에 남은 손자국을 따라 짚으며
나는 고개를 끄덕였다

그가 내게 뒷모습을 안겨 주던 날 모서리가 처음 삼킨
태양을 생각했다
　흉터를 간직한 햇살이
　따갑게 몸 안을 맴돌고 있을 거라고
　―「아무도 등장하지 않는 이 거울이 마음에 든다」 부분

　앞서 던졌던 질문들, 남수우가 장소 속에 박제된 아
이들의 곁을 조금은 멀리 떨어져 지키며 그들을 통해
발견해내고자 하는 것이 무엇인지에 대한 대답이 여기
에 있다. 브라운관 속 재생되는 비디오테이프, 흩어진
구슬 속의 물결 혹은 거울의 저편을 통해 시인은 내게
서 나왔으나 '나'라고 할 수 없는 아이들의 뒷모습을 본
다. 그러고는 "모퉁이 돌아 사라"지는 "초록 배낭"(「알사
탕 분홍 루」)을 따라가 "들키고 싶은 혼자"(「비 온 뒤 숲
속」)일 아이의 뒷모습을 힘껏 껴안아 주길 원한다. 그러
나 거리는 쉽사리 회복되지 않는다. 이제 그곳은 손대
는 순간 금이 가는 거울처럼 개입할 수 없는 세계, 눈앞
에 현전하나 아득히 둘러 가야 하는 장소이다. "눈을 감
았다 뜨면/대패처럼 얇게 썰려 잠 속으로 떨어"(「셔터」)
지는 장면들 속에서, "웃자란 쐐기풀 사이로 달리는/아
이의 좁고 마른 어깨"가 스치고는 "길이 사라지고 아이
는 보이지 않는"(「호수공원」) 순간들이 번뜩이다 사라

질 뿐이다.

인용한 시의 화자는 제게서 "가장 먼 곳"인 "자신의 뒷모습"을 "안으러" 가는 인물과 대면하는 이다. 화자는 그가 거울 너머로 사라진 사이 방 안을 찬찬히 둘러본 다. 그러고서는 언젠가 "그가 내게 뒷모습을 안겨 주던 날"을 기억하며 "모서리가 처음 삼킨 태양"을 떠올린다. 화자는 "흉터를 간직한 햇살이/따갑게 몸 안을 맴돌고 있을 거라" 말하며 거울 속에 "하얀 입김으로 떠오른 민 낯들"(「아무도 등장하지 않는 이 거울이 마음에 든다」) 을 응시한다.

시인은 화자의 눈을 통해 제 뒷모습을 안으러 거울 속으로 떠나는 자신을 본다. "보게 될 것들을 보고 도착 은 가야 할 곳에 있"(「벤치와 낮잠」)을지언정 시인은 유 리된 사이, 그것이 만들어낸 빈틈 위로 조심스럽게 손 을 뻗는 사람이다. 물론 그 간극이 조성한 물리적 거리 는 멀지 않을지도 모른다. "너와 잠시 앉아 있고 싶구나" (「공원의 맞은편 오후」)라는 말을 참지 않고 내뱉는다 면, 초록 배낭에서 삐져나온 끈을 붙들어 잡는다면 아 이를 멈춰 세울 수도 있을 것이다. 그러나 사소한 위로 조차 수십 가지의 고민과 수백 가지의 이해를 수반해야 하듯이, 한 사람의 등을 껴안는다는 일의 무거움을, 그 것도 자신의 상처와 오욕을 반추하며 조그만 귀퉁이조

차 부서트리지 않고 한 세계를 오롯이 껴안는다는 게 얼마나 어려운지 시인이 모를 리 없다. 그 지난함이 축조해 낸 거리는 "지구 끝"에서 끝으로 향하는 것과 같으며, 그과정은 "흉터를 간직한 햇살이/따갑게 몸 안을 맴"(「아무도 등장하지 않는 이 거울이 마음에 든다」)도는 일과 다르지 않을 것이다.

*

무수한 여정을 겪고 금은보화를 혹은 시대를 손에 쥐었다 놓고는 다만 이야기만을 가져오는 이들을 알고 있다. 다른 이들의 탄식과 조롱을 한 귀로 흘려듣고는 의자에 앉아 조용히 미소를 띠고 있는 사람들. 그들이 무엇을 알게 되었는지, 어디로 떠날 것인지 또는 남을 것인지는 모르겠다.

그리고 이제는 무수한 낮과 밤을 거쳐 내내 뒤를 돌아보며 제 뒷모습을 껴안으려는 이를 알게 됐다. 이번에도 역시나 "거울 앞에서 안부를 물으면 뒤를 돌아다보고 싶"어 하는 그가 마침내 뒷모습을 안는다면 어떤 표정을 지을지, 무슨 말을 생각하다가 삼키고 기어코 내뱉을지는 모르겠다. 다만 슬그머니 바라보려고 한다. 고개를 갸웃하며 길을 가늠하는 아이의 모습과 들킬까 염려

하며 아이의 뒷모습을 지켜보는 이가 그려내는 장면을,
"서로의 끝을 맞물며"(「프랙탈」) 내내 이어질 이야기들
을 말이다.

미도착

2025년 3월 27일 1판 1쇄 펴냄

지은이   남수우
펴낸이   김성규
편집   김안녕 조혜주 최주연
디자인   신혜연
펴낸곳   걷는사람
주소   경기도 용인시 기흥구 동백중앙로 358-6, 7층 (본사)
            서울 마포구 월드컵로16길 51 서교자이빌 304호 (지사)
전화   031 281 2602 / 02 323 2602
팩스   02 323 2603
등록   2016년 11월 18일 제25100-2016-000083호

ISBN 979-11-93412-89-3 04810
ISBN 979-11-89128-01-2 (세트)

* 이 책은 2025년 부산광역시, 부산문화재단 〈부산문화예술지원사업〉의 지원을 받
  아 출간했습니다.